살아남기

살아남기

발행일 2023년 10월 23일

지은이 김수미
펴낸이 손형국
펴낸곳 (주)북랩
편집인 선일영 편집 윤용민, 배진용, 김부경, 김다빈
디자인 이현수, 김민하, 임진형, 안유경, 신혜림 제작 박기성, 구성우, 이창영, 배상진
마케팅 김회란, 박진관
출판등록 2004. 12. 1(제2012-000051호)
주소 서울특별시 금천구 가산디지털 1로 168, 우림라이온스밸리 B동 B113~114호, C동 B101호
홈페이지 www.book.co.kr
전화번호 (02)2026-5777 팩스 (02)3159-9637

ISBN 979-11-93499-12-2 03810 (종이책) 979-11-93499-13-9 05810 (전자책)

김수미 시집

살아남기

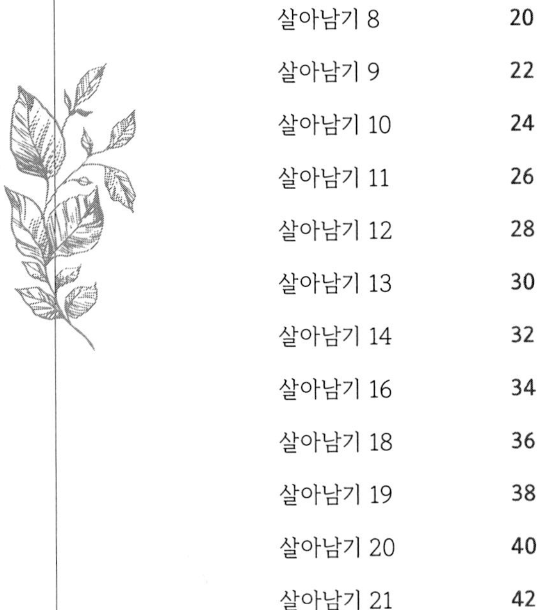

차례

제1부 봄

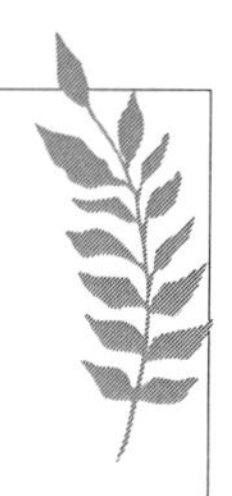

제2부 여름

제3부 가을

제4부 겨울

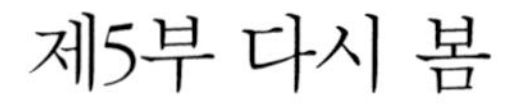

제5부 다시 봄

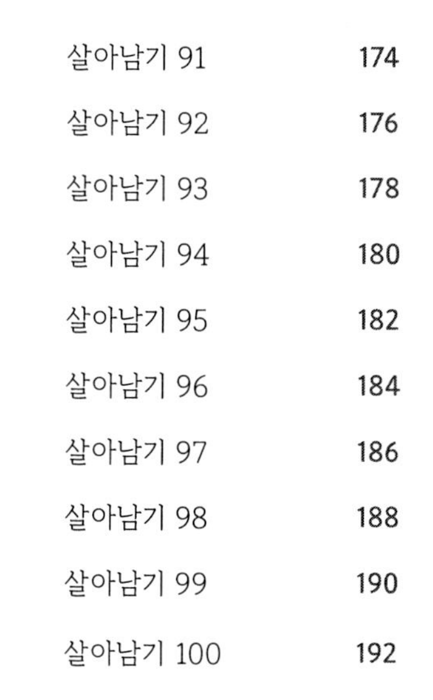

제1부 봄

살아남기 1

1

비교하지 말자
인생의 많은 길들 중에
난 나의 길을 택했고
넌 너의 길을 택했으니
남의 길이 더 순탄해 보이고
남의 떡이 더 커 보이는 건
당연지사

2

인생의 갈림길에서
선택의 갈림길에서
신호등의 파란불에서
좌회전 했을지라도
그것 또한 나의 운명

3

너무 높이 나는 새를 부러워하지 말자

나는 나대로

너는 너대로

날자

자연스럽게 날자

박제가 되어버린 천재가 아닐 바에야

평한 일상의 나래를 펴자

4

너무 잘하자 강하자

다그치지 말며 살자

내가 할 수 있는 만큼만

하며 살자

인생은 더하기 아니면 빼기

곱하기 아니면 나누기

5

그냥 흘러가는 대로 내버려 두자

그대로 두어도

물은 바다로 가고

땅에선 새싹이 나며

연어는 강을 거슬러 오른다

살아남기 5

괜찮다

다 괜찮다

니가 얼마만한 잘못을 했든

닭똥 같은 눈물이 있는 한

괜찮다

다 괜찮다

두 번 다시 실수 안한다 해놓고

세 번 실수해도

괜찮다

다 괜찮다

꽃은 쉽게 피는 것 같아도

한파의 서늘함도 견디고

뜨거운 태양의 목마름도 견딘다

아들아

다 괜찮다

살다보면 살다보면

괜찮지 않은 일도 만나겠지만

그래도 다 괜찮다

그게 다다

살아라

살아봐라

살아남기 7

아파도 아프다고 말하지 못하고
사랑해도 사랑한다 할 수 없고
말할 수 없고
말해서도 안 되는
비밀을 가진 영화배우처럼
사람들은 가슴 속 어딘가에
생채기 하나쯤 가지고 산다
비가 오거나 바람이 부는 날엔
아물지 않고 그 상처가 도져
술을 마시지만
그건 그때 뿐이다
나 아닌 누군가도
말할 수 없는 생채기 몇 개쯤
지니고 산다는 것을
알아버린 연후에

그는 더이상 술에 기대지 않기로 한다
침묵하는 법을 배웠다
견디는 법을 배웠다
몸에서 사리가 나올 만큼의 고독을
즐기는 법을 배웠다

살아남기 8

25시에서 게오르규가 말한 대로
잠수함에 탄 토끼는 죽었다
다들 이 사실을 알면서도
모른 척할 뿐이다
안다고 말하는 순간 닥쳐올 혁명이 두렵고
24평 아파트 한 채라도 겨우 장만한
생존이 두렵다
누구도 말하지 않기 때문에
벌거벗은 임금님을 보고
벌거벗었다고 말하지 못하고
KBS 9시 뉴스에 나오는 누구라도
이내 내 일이 아니라며
토끼를 떠올릴 필요는 없다
그저 타임머신이나 나오는 드라마로
공포를 잊어버리고

내일 전쟁을 위해

휴식을 취한다

그래야지 살아남기 때문이다

살아남기 어렵지만

그리 어려운 일도 아니다

살아남기 9

바쁘다 바빠를 외치며
한 주를 살고
지친 금요일 밤
난 인간으로 되돌아와
술을 마실까
친구를 만날까
고민하다
더는 연락하기도 뭐한
친구 연락처를 꼼지락대다가
폰을 닫고
혼자 꼬냑을 마신다

참 오래도 잘 버텨왔다
현숙의 노래 가사처럼
내 인생에 박수를 쳐줘야 한다

말로는 설명이 안 되는
내 인생의 마디마디
그 굴곡만큼
나이테에는 연륜이라는
상장이 붙어 있다

내가 달린 만큼
너도 달렸을 테니
네 인생에도 박수를 치마
너에게도 꼬냑 한잔 권한다

멀리서도 건배!

살아남기 10

저 꼭대기는 행복할까
묻는 건 금기

무조건 올라야 한다

산을 내려가고 싶은 유혹도 잠시
신입사원이 상전이다는 말에
공감하는 중년
여기서 내려가기엔 아직,

그래 아직 청춘이다

해치워야 할 얼마나 많은 일들이
날 기다리고 있을지

까짓것, 남들도 다 가는데
나라고 못갈 쏘냐

말 가는 데 소도 간다
게 비켜라! 내가 간다

살아남기 11

세상을 향해 울분이 솟는 날
그는 끊었던 소주를 한 잔 마시기로 한다
불혹이 넘었건만
세상을 향해 울분이 솟는 날이 아직도 있다
네가 나를 이해하지 못해
나도 너를 완전히 이해하는 건 아니지만
그깟 돈 따위에 내 시덥잖은 명예를 팔지 않기로 한다
숨 쉬기 조차 힘든 날
화장실 가는 것조차 힘든 날
그렇게 바삐 뛰었건만
내게 남은 것이라곤 텅빈 통장, 텅빈 마음
누군가에게 전화를 하고 싶은 날이다
라면에 소주를 들이키지 않고는
하루를 넘길 수 없는
노동자의 삶이란

한 달 벌어 한 달 먹고사는

월급쟁이 삶이란

애써 나를 위로하여도

위로가 되지 않을 때

독한 소주를 마신다

그보다 독한 세상을 견뎌야 하기에

살아남기 12

어떻게 출근해야 할지 막막했는데
아파트 앞에 택시가 막 선다
나뭇가지마다 하얀 눈꽃이 피고
소설 설국에나 나올법한
하얀 세상이 눈앞에 펼쳐진다
한라산 눈꽃산행을 할 때 가졌던
신비를 경험하면서
불행의 한가운데서도
행운이 있음을 감지한다
아침 8시에 출근하여
난 졸지에 이런 교통상황에도
열심히 출근한 모범 공무원이 된다
택시를 놓쳤다면
정신상태가 해이한 삼류 공무원이 되었을 텐데
그런 잣대는 들이대지 않는 게 좋겠다

어쨌든 눈을 핑계로 할 일을 미뤄두고
집배원들에게 따뜻한 모닝커피를 건넨다
커피의 따스한 향기가 언 몸을 녹인다
분명 살 이유가 있는 것이다

살아남기 13

부자되세요 BC카드
당신이 사는 곳이 당신이 누구인가를 말해줍니다
요즘 어떻게 지내냐는 친구의 말에
그랜져로 대답했습니다
TV가 뭐라하든 광고가 뭐라하든
내 지갑 안의 삶을 살아야 한다
자본이 주인인 시대에
자본주의의 한 가운데 금융업무를 하면서
몇억짜리 수표는 나에겐 종이
내 지갑 안에 만 원짜리가 실제
허구와 실제를 구별해야 한다
가끔 이렇게 추적추적 겨울비가 내리면
불야성을 이루는 자본의 함성에
기죽지 말고
눈요기로만 즐겨야 한다

그렇지 못하거든

밤하늘에 별이나 실컷

바라보아야 한다

아직도 꿈꾸는 자본이 아닌 꿈을 향해

주파수를 맞춰야 한다

살아남기 14

바람을 맞으며 강변도로를 달린다

갈 때는 순풍이더니
오늘 길엔 역풍이다

힘겹게 페달을 굴리며
역풍에 맞서며

때론 인생길도 역풍이 불 때가 있다고 생각한다

삼재라든지
악재라든지
사람의 힘으로 견디는 것이
버거울 때가 있다

그래도
페달을 굴려야 한다

바람은 머지않아
처한 상황에 따라서는 조금 오래겠지만
방향을 바꿀 것이다

살아남기 16

이런들 어떠하며 저런들 어떠하리
만수산 드렁칡이 얽혀진들 어떠하리
우리도 이같이 하여 백 년까지 누리리라

이 노래처럼 살아야 한다
바람에 나부끼는 갈대처럼
휘어지고 휘어져도
부러지지 말아야 한다

내부망과 외부망을 분리해 논 컴퓨터처럼
회사에서는 회사일만
가정에서는 가정일만으로
세팅하여야 한다
내 한계를 알아야 한다
겁나게 덤비지 말아야 한다

내 체력이 허용하는 한에서
내 능력이 허용하는 한에서

그 안에서 꿈꾸고
그 안에서 자유롭고

온갖 시련은 날 키우는 영양제이고
내게 온 시련은
죽을병에 걸렸거나
긴 인생길에 비하면

아무것도 아니다
아무것도 아니다

때로는 날 몰라주는 사람이 있다 해도
이런들 어떠하며 저런들 어떠하리
정몽주의 단심가는 가슴속에 묻어두고
하여가나 읊어야 한다

살아남기 18

한 걸음 조차 걸을 힘이 없는데

세상은 날보고 뛰라고 한다

있는 힘껏 달려 지금은 탈진상태

40대 과로사가 남의 말이 아니다

조그만 실수조차도 용납되지 않는

0과 1의 세계에서

어느 날은 오선지 위의 쉼표도 그리고 싶어라

내 생에 도돌이표를 그릴 수 있다면

좀 더 내 인생의 쉼표와 느낌표와 물음표를 그릴 텐데

죽어라 엑셀만 밟고 살았다

고만고만한 나와 너를 키재기하며

좀 더 커보이려 새치기도 하고

반칙의 유혹은 얼마나 세던지

이제 목소리를 낮추자

내 인생의 트랙 위를

내 속도대로 달리고
남의 트랙에는 함부로
낙서하지 말자
누구의 비난도 거부한다
그저 가끔 같은 트랙을 스칠 때
가벼운 목례 건네며
화이팅을 외칠 뿐.

살아남기 19

뜨거운 여름엔 한라산의 설경을 그리고
추운 한파엔 동해 여름바다를 꿈꾼다
살벌한 직장에선 어린 딸의 웃음을 그리고
옹색한 가정에선 직장의 월급날을 꿈꾼다

가정과 직장의 두 수레바퀴에
내 인생의 밑그림을 그리고
늙은 노모와 어린 자녀와 착한 마누라를
수레에 태워 나는 영차영차

더위에 땀이 송글송글 맺히면
은행나무 그늘에 쉬어
수박파티나 하자꾸나
올 겨울엔 한라산에 가자꾸나

살아남기 20

실연의 상처에도 꿋꿋하게 A학점을 맞는 학생이
부모의 이혼에도 내 인생을
똑부러지게 사는 자녀가
친구의 생활고에도 밥값을 더치페이하는
합리적인 사람이
되어야 한다고 세상은 말한다

서로 밥값 내겠다고 다투는 광경이 사라졌다
실연에는 술이 제일이라고 권하는 풍경도 사라졌다
아픔에는 실컷 울어라고 말하는 이도 사라졌다

좀 더 방황했으면 좋겠다

흔들리고 흔들려서
세상을 체득해
좀 더 굳은살이 박힐 때

그때 홀로서도 늦지 않다

살아남기 21

힘겨운 오일을 버티고
다른 부서의 지인들과 고기를 굽는다
너네는? 살만해?
여기저기 살만하다는 사람은 없다
일이 피곤하고 사람이 피곤하고
고기를 뒤적이다가
그 먼 나라의 사회복지보다
환경문제보다
가까운 동료의 괘씸죄가 크다
그래도 정답게 술을 나누고
뒷담화 할 수 있는 사람이 있다는 건
행복한 일이다
우리 아이들은 공부를 시킬까
의사도 어렵겠고 교수도 어렵겠고
오늘 결론은 약사를 시켰다 하하

2차를 가자고 손짓하는 이도 있었지만
토끼 같은 자식과 무서운 마누라가 있는
집으로 집으로 발을 옮기며
우리들의 불금은 저물어간다

다음 주도 이기고 또 보세.

살아남기 22

산에 오를 때
마지막 한 걸음을 걷지 못해 좌절했던
고3을 떠올린다
11년 동안 우등생이었다가
졸지에 열등생이 되버린
마지막 한 걸음

무엇이든 매듭이 중요하다

전성기 때도 빛나지만
좋은 투수는 슬럼프를 견딘다
야수를 믿고 맞춰 잡거나
최소실점으로 막는다
최소실점
걱정을 과도하게 하는 건 금물이다

만남도 잘해야 하지만 이별을 잘해야 한다
친구를 하루아침에 남으로 만든 건
내 인생의 최대 실수다

각설하고
무조건
살아남아야 한다

오해를 이해로 바꾸는 건
세월의 힘이다

살아남기 23

내가 운전 실력이 뛰어나
끼어들기를 잘했던 게 아니라
뒷차가 저놈~ 하며
양보했기 때문이다

나이가 들면 알게 되는 것들이 있다

제2부 여름

살아남기 25

핸드폰 알람소리에 부리나케 일어나
머리를 감고 대충 찍어 바르고
차에 시동을 건다
제기랄.

차 유리창이 녹으려면 10분이나 걸리겠다
성에가 가시지 않은 차를 몰고
미니스톱에 차를 세워
김밥 한줄을 때운다
이제 엑셀을 밟는다
시속 120㎞로 달리는데
옆차는 나보다 더 빠르다
신호는 가볍게 무시하고
카메라를 피하며
끽~

하마터면 저세상으로 갈 뻔했다

다시 운전대를 부여잡고
교차로 신호에는 립스틱을 바르고
아웃이냐 세이프냐

전속력으로
세이프

그렇게 오늘도 살아남았다

살아남기 26

24평 집을 장만했다
질식할 것 같은 세상의 이치에
눈 감으려 할 때
그나마 한 쪽 눈을 뜨고
그나마 한 쪽 발을 디뎌
이해할 수 없는 이 세상에서
살아남은 공로다
늘 딴 곳을 바라보던 시선도
이제 거둬들여야 한다
15년 상환할 대출금을
갚아야 하니까

절름발이와 외눈박이로 살았던
젊은 날도
세월에 깎이고 모가 닳아져
이제는
나도 용납 못할 기성세대가
내가 되어버린 것이다

살아남기 27

LTE 급으로 변하는 세상에서
그래도 인간으로 살아남기 위해
하고 싶은 것과
해야만 하는 것들 사이에서
교집합을 찾아보자

놓치고 있는 것들에
눈길을 주자

살아남기 28

시심을 잃은 시인의 마을에
눈이 소복이 내린다
시곗바늘은 거꾸로 돌아
문득 묻고 싶어지는 첫사랑의 안부
너도 저 흩날리는 눈 사이로
헤집은 마음을 추스르고 있느냐
사람살이의 버거운 무게도
견뎌냈건만
바위 같은 내 마음을 뚫고 가는
마력의 눈이여!

이제 그만 그쳐라

살아남기 29

저 휘몰아치는 태풍을 건너온 사람
그 속에서 새싹을 심은 사람
백발이 성성한 사람
누가 알아주든 말든 자기 일을 하는 사람
때론 아둔하고 손해 보는 사람

젊은이여! 그들에게 배우자

한 개를 아는 사람은 한 개를 모르고
열 개를 아는 사람은 열 개를 모른다

한낱 껍데기에 불과한 서푼 어치 지식으로
남을 재단하지 말고
보이는 현란한 훈장 따위에
휘둘리지 말고

숨은 진주를 찾듯
인생의 숨은 고수를 찾아
겸손해지는 법을 배우자

살아남기 30

수만 가지의 말이 입속에서 맴돌다
나오지 못하고
수백 개의 얼굴이 스쳐 지나갔지만
전화할 데는 없다
벚꽃잎이 하나둘 떨어진다고
언제나 사는 게 바빴다
공부도 못했으면서 공부를 해야 했고
일도 못했으면서 일을 해야 했다.
못할 바엔 차라리 실컷
놀아나 볼 것을

이리 화려한 벚꽃길도 잠깐이듯이
아름다운 세상도 순간이리라
꽃지고도 기나긴 겨울을 견뎌낼
사랑이 있다면
지금 와서 내게 고하라
벚꽃잎이 다 지기 전에

살아남기 31

1

운전대를 잡은 손이 떨린다

폭우다

고갯길이 가파르다

커브길이 유난스럽다

옆 차에선 물이 튀긴다

나만 믿고 같은 차에 탄

나의 사람들

내가 책임져야 한다

2

장마다 장마

기껏해야 한 달

이 기간만 넘기면

이 커브만 돌면

해가 뜨고

평지가 나올 것이다

3

어둠이다

터널이다

조명을 켠다

라디오를 튼다

You raise me up~

아이들의 노랫소리가 들린다

4

목적지가 멀다

기름이 떨어져 간다

주유소를 찾아야 한다

저 멀리 불빛이 보인다

신은 나를 버리지 않았다

5

정원이다

순천만 정원

햇살이 비춘다

시원한 바람이

고생했다며

날 다독인다

내게도 이런 날이 온 것이다

내게도

살아남기 32

술에 취해 비틀거리더라도
꽃에 취해 어지럽더라도
가는 길을 잊어선 안 된다

달콤한 말에 속아도
쓰디쓴 말에 상처입어도
가는 길을 잊어선 안된다

간신배가 앞서가더라도
아무도 날 몰라주더라도
가는 길을 잊어선 안 된다

한 발 짝 한 발 짝
한 걸 음 한 걸 음
뚜벅뚜벅 나아갈 일이다

살아남기 33

삶은 불가해한 것 투성이었다

평균대 위를 걷듯

그저 조심조심

서푼 어치 지식으로 귀동냥도 하고

뉴스도 챙겨보고

신문도 뒤적거려 보았지만

생은 내게 정답을 가르쳐주지 않았다

진실이 정의가 민심이

어디로 향하는지 알지 못한 채

높지도 않은 과장님만 탓하면서

쳇바퀴를 굴리고 있었다

언젠가
생선가게 주인이
천원은 절대 못 깎아준다고 흥정하면서
공돈 만 원짜리 하나가 더 가자
"여기 만 원 더 왔네. 가져 가슈" 했을 때

언뜻 나비의 날갯짓이 떠올랐다

살아남기 35

벚꽃이 피었다 지는지도 모르고
철쭉이 빨간지 하얀지도 모르고
앞만 보고 뛰지만
러닝머신의 기계가 돌 듯
늘 제자리기 만한 내 모습
오늘도 상사에게 원투펀치 맞고
고객에게 잽 세대 맞았더니
눈앞이 핑그르르
KO되기 직전 집으로 돌아와
나만 바라보는 늙으신 어머니와
매운맛 짠맛 설움 풀어
김치찌개를 먹는다

맷집으로 버틴다

살아남기 37

사는 게 너무 힘들어
나만 이렇게 힘들다고 느껴지고
점쟁이라도 찾고 싶을 때
누구에게라도 말을 걸자

오뎅 파는 아줌마나
뚱뚱한 식당아줌마나
미용실 언니나
택시 기사 아저씨께
내가 먼저 말을 걸어보자

의외로

목사님이나 스님보다

더 현명한 한마디를 던질지

모를 일이다

가슴속에 묻힌 말들

모르는 사람에게

지나치는 타인에게

한 번 건네보자

살아남기 38

빅뱅의 루저를 들으며
홍얼대는 아이에게
그래도 별을 바라봐야 된다고
그래도 꿈을 얘기해야 한다고

그럼에도 불구하고
언젠가는 날아갈 수 있다고

희망고문을 해야 하는 게
나의 업이냐 말이다

이 땅의 위너보다 많은
루저는 루저끼리
위해주며 살면 될 거 아니냐고
그렇게 항변하며

그래도 쓰레기는 너무 심했다

잡초쯤으로 해 두자

김수영의 풀에 나오는

잡초쯤으로

살아남기 39

팔아야 살아남는 A와
사지 말아야 살아남는 B가
시소게임을 한다

이 식품으로 말씀드리자면
변비에 좋아 건강에 좋아 다이어트에 좋아
목청을 높이는 A

일하고 있는 척
스마트폰을 만지작거리기도 하고
딴청을 부리는 B

A와 B의 심한 줄다리기가 계속되고
묘한 신경전이 이어진다
A가 이기면 B가 후회하고
B가 이기면 A가 절망한다

우린 그렇게 시장에 살고
너와 나 그렇게 자본에 압사당해도
가위바위보 게임처럼 가벼이
이길 때도 있고 질 때도 있고

살아남기 40

너를 만나던 순간
그 설레던 시간들
함께한 아름다운 세월이 모두
헛것으로 남는다 해도
네게 돌아갈 수 없음은
너를 용서할 수 없음은
그렇게 좋아했던 너조차
나일 수 없기에
그 어두웠던 시간에
나를 일으켜 준 건 너였지만
또한 이 행복한 시절을
다시 나락으로 떨어뜨릴 수
없는 일
인생의 백미러가 없듯이
너는 네 인생을 살고

나는 내 길을 가야만 하리
문득문득 생각이 나겠지만
거기까지.

살아남기 41

이제 나도 기득권이라고 인정하려 한다
이제 나도 중산층이라고 인정하려 한다
이제 나도 주류라고 인정하려 한다

불평을 그만하려 한다
정확히 말하자면
내 불만은 호사였다

아직도 치워야 할 저 돌맹이
예전에 내가 넘어진 돌맹이
난 일어났으니 그뿐

기득권으로 중산층으로 주류로
내 자리를 지키기 위해
안간힘을 쓴다

오늘도 비겁하게 살아남았다

살아남기 42

큰 일에 비하자
하나의 사고는 거기서 끝내자

원인을 따지고 들면
머리만 아파

내 탓도 아니고
네 탓도 아니다

그냥 세상사가 원래
잡지의 표지처럼 통속하다고

시인이 노래했지 말이다
전속력으로 달렸어도
내 앞에는 엄청 많이도 있지

그들이 날 무시하더라도
난 개의치 않겠어

끝까지 가보는 거다
살아보는 거야

입술 꽉 깨물고 달리는 길에
사람 냄새만 잃지 말자

살아남기 43

공보다 빨랐던 차두리도
이제 공을 쫓아가기가 숨이 차다

컴퓨터를 못한다고
노인네를 비웃던 내가
스마트폰을 못한다고
청년에게 핀잔을 들었다

언제나 젊을 줄 알았다

앞만 보고 뛰어야 하지만
숨막히는 경기이지만
수학정석을 풀듯
혼자하는 게임이 아니다
은퇴한 차두리에게는
스마트폰이 가르쳐주지 않는
숨겨진 전술이 있다

묻는 자에게만 답할 뿐이다

살아남기 44

좀 더 가볍게 살기로 한다
풀밭 위를 걷는 아이처럼

햇살을 보고 햇살을 느끼고
바람을 보고 바람을 느끼고
나무를 보고 나무를 느끼고
바다를 보고 바다를 느끼고

골치아픈 뉴스는 쪼끔만 보고
아름다운 음악을 들으리라
성공이 행복을 뒤로한다면
그것 또한 버리리라

세상의 어려운 문제들은
철학가나 정치가에게 맡기고
나는 인생을 즐기리라
아름다움을 노래하리라

시지프스의 형벌처럼
감당하지 못할 삶의 무게도
웃으면서 즐기리라
잠깐잠깐 농땡이를 치리라

살아남기 45

알파고와 이세돌이 바둑을 두는 시간
난 지난 세기가 그립다
모눈종이가 없어도
줄을 그어놓고 오목을 두던 때
사람 사이에 정이 있었고
코너에 몰리면
한 수 무르자며
실수의 아량이 있었다
이제 기계와 바둑을 두는 세상
더 똑똑한 놈들과
머리싸움을 한다
오만가지의 경우의 수를 계산하고
이기는 싸움만 한다
오! 친구야
한 수 물러줘

여백이 있고 여지가 있고
여유가 있고 놀이가 있던
그 시절이 그립다

살아남기 46

15년을 한 직장에 다녔다
조금만 여유가 있었더라면
때려쳤을지도 모르는
이제는 요령만 늘어
습관으로 일한다
순수했던 이상은 흩어지고
한 달 벌어 한 달 쓰기 바쁘다

요 앞에 슈퍼가 또 생겼는데
빈 병 팔러 갔더니
여기서 산 거 맞냐고 예민하다
자영업도 힘들겠다

다들 그렇게 한숨 쉬고
하루를 버티는데
문학은 사치인 것 같다가
꽃인 것도 같다가

철없던 학창 시절로 돌아가
이제는 만날 수도 없는 단짝 친구에게
물어보고 싶다

우리 제대로 가고 있는 거지?

살아남기 47

초등학교 3학년 조카가
내일이 시험인데
두통이란다
시험 스트레스란다

흑. 벌써

이모는 무슨 말을 해줄까

공부하지 말아라 할까
이겨내고 공부해라 할까

거저 얻는 건 없다 할까
좋아하는 걸 해라 할까
어떤 걸 선택해도

후회는 남는 법
가지지 못한 것
가지 못한 길

부모 탓 말고 세상 탓 말고
나의 선택이었음을

때로는 차선책이
최선이었다는 걸

살아남기 48

내 시의 경쟁상대는
유행가
그것도 뽕짝

마음이 꽉 막힌 것 같고
숨이 턱까지 찰 때
한잔 걸치는 막걸리

누구도 내 편이 아닌 것 같고
딱히 전화할 데도 없어서
처량함 읊조리는 노래 한자락

열심히 누구보다 열심히
살아왔지만
가진 건 없어

불평보다 더 센
욕지기 같은 거

더 이상 시인은
아름다운 것을 써서는 안된다
누군가 그랬지만,

그래도 흥겨운 곡조

힘든 일을 마치고
집으로 향할 때
나직이 불러보는 노래
때론 한 맺혀 외쳐보는 트로트

그만큼만 쓴다면

살아남기 49

내려 놓고

내려 놓고

또 내려 놓고

제3부 가을

살아남기 50

1등을 바람막이로 쓰는
스케이트 선수처럼
등 뒤에서 간다
쉬어 간다

쓰임 받지 못한
재야의 고수들이
어디 한둘이더냐

등 뒤에 바짝 붙어
처지지 말고

살아남기 51

내가 아는 사람들이
직장을 하나둘 떠나고
내가 아는 사람들이
이 세상과 작별을 한다

가끔 보는 선배들이
확 늙어있고
가끔 보는 후배들이
엄청 성장해 있다

바람 부는 세월을 따라
그들도 나처럼 늙어간다

돌아보면 생은
경쟁이 아닌 것도 같다

유유자적 생을 살아갈
여유도 없었지만은
절벽을 향해서 돌진하는
무모함은 버려야겠다

나는 나대로
너는 너대로
지고 갈 짐을 묵묵히 지고
산에 오르고 나면

시원한 한줄기 바람
하늘과 가까워진 풍경
눈에 담고 서둘러
하산을 준비해야 한다

또 크는 아이들이

산에 오르거든

배낭의 무게를

조금은 줄여주는 것이

나의 임무다

살아남기 52

숨이 헉헉 찬다
내 뒤에는 아무도 없다
앞사람들이 하나 둘 쓰러진다
천천히 천천히 호흡을 가다듬으며
나는 끝까지 뛸 것이다

링에서 쓰러지더라도
흰 수건을 던지진 않을 것이다
판정패를 당하더라도
KO패는 당하지 않을 것이다

한직에 한직으로 돌아
후배들이 무시하더라도
당당히 졸업장을 받을 것이다

내가 내 소명을 완수하는 날
박완서 선생님이 쓴
꼴찌에게 보내는 갈채를
마음껏 즐길 것이다

그리고 또 다시
인생 2막을 준비하리라
그 함성을 가슴에 안고

살아남기 53

제발 천천히 가자

빨리 가다 죽는다

살아남기 54

세상이 아무리 빨리 뛰라고
몰아붙여도
절대 오버페이스를 하지 말것

완주하는 것이 나의 목표다

먼저 가는 사람은
얼른 가시라고
자리를 비켜주고

내 페이스대로 간다

가끔은 하늘도 보고
비처럼 쏟아지는 은행나무 잎사귀도
눈에 담아 보고

지친 몸을 달래면서
물 한 모금 축이면서

나는 42.195㎞를 뛴다
아직도 반환점도 못왔다

서서히 끝까지
한 걸음 한 걸음 소중하게
내딛어 보자

살아남기 55

사람들이 많이 달리는 길로
그 뒤를 따라 전력 질주를 한다
꿈은 잊은 지 오래,
꿈이란 단어가 너무 생소해
그런 말이 있는지조차 몰랐다
희망, 시,
그런 거 모르고
내 아이만 보고 간다
나만 바라보고
세상에 나온 생명
네 웃음을 위해
사람들이 많이 달리는

그 길 위에 섰다
행여 비웃는 자
삶부터 살라

살아남기 57

버스대합실에 버려진
구겨진 신문쪼가리처럼
남루한 생일지라도
못다한 노래를 불러야하리

금연딱지가 붙어있는
승강장 뒤쪽에서
오지 않는 버스를 기다리며
담배를 피워물어도

좀처럼 찾지 못하는 출구를
찾아야 하리

어스름 저녁이 오거든

걸어서라도

내가 가야만 하는 길에

헤어진 구두를 끌어야 하리

살아남기 58

상처받지 않기 위해

모든 사람과 거리두기를 한다

얼음장으로 무장한 난

그래도 쉴 곳이 필요해

TV 속 BTS를 사랑하기로 한다

그들은 사랑해도

죄가 되지 않고

상처 주지 않는

유일한 도피처

그렇게 가상 인물 아닌 가상 인물에

내 정서를 맡기고

난 오늘도

얼음 모드로

세상에 맞선다

땡으로 구할 자

無

살아남기 59

서울공화국에 못 산다고
세상이 내 쓰임새를 몰라준다고
넋 놓고 있으면 안 된다
자산어보 영화를 보고 있자니
정약전은 흑산도에서도
스스로 쓰임새를 증명했다
내가 사는 곳이 어디든
내가 처한 상황이 어떻든
바람 부는 대로 날 맡기면 안된다
깨칠 때까지
좋은 스승이 없다면

책이 있고 유튜브가 있고
문화시설 놀 데가 없으니
더욱이 집중할 수 있으리라
나 같은 촌놈들아
사고 한번 크게 칠
그날을 위해
쪼매 열심히 살아보자

살아남기 60

사랑이 저만치 가네
김종찬의 노래를 듣고 있자니
세월이 저만치 간다는 느닷없는
생각이 드네, 친구여!
가을비는 추적추적 내리는데
애써 젊어보려
청바지에 운동화를 신은 나와
소주 한잔 걸치는 반백의 신랑이
안쓰럽고
굽이굽이 사연 많은 길
이쯤이면 괜안타 싶다가도
어린 자식놈과 나이든 부모님 생각하면
다시금
운동화 끈을 질끈 맨다네
사랑타령 할 때가 언제인가 싶고

그저 유행가 한 곡조에

우리의 아름답던 날들이

희미하게 떠오르네

지난한 길이었지만

동무가 있어 견딜만 했네

후생가외

젊은 애들 못지 않게

열심히 달려보세

살아남기 61

주사위 놀이를 하는 것처럼
내일 일도 모르는 세상에서
숨바꼭질 하듯
코로나를 피해
오늘을 산다
내 맘 같지 않은 사람들
그들도 내가 맘에 드는 건 아닐 테지
언제나 힘들지 않은 적도 없었는데
바람이 불어도
일기예보라도 있었던 시절

그때를 그리워한들…
다섯살배기 아들 하나
바람막이라도 되기 위해
할 수 있는 건

오직 걷는 것뿐

살아남기 62

다 안다고 착각하지 말자
난 내 레일 위에서만 달렸을 뿐
레일 밖 바다를 안다고 말하는
오만을 버릴 것
다시 침묵하고 귀를 열어둘 것
비비람이 치는 파도 위
흔들리는 배에서
피 토하듯 싸우는 뱃사람들 이야기를
옷 재단하듯
다 안다고 말하지 말자
그저 막걸리나 한 사발 따라줄 것
파전이나 같이 먹어줄 것
다시 침묵하고 귀를 열어둘 것

살아남기 63

추운 겨울 늦은 밤
투다리에서 혼자 술 마시는 사내
욕을 하기도 하고
눈물을 훔치기도 한다
반대쪽 테이블에선
삼삼오오 중년들이
왁자지껄 웃으며
재미난 이야기에
화색이 돈다
산다는 건 그런 거지
울다가 웃다가
힘들다가 괜안타가
밖엔 싸리싸리
눈발이 흩날리고
가로등 아래 아까 그 사내
담배를 피고 있다

살아남기 64

싸이월드 재개장 소식에
열심히 로그인을 하다가 실패한다
반백의 중년이 되어
벚꽃이 만개해도
가슴속 헛헛함은 달랠 길이 없다
열심히 달려왔지만
헛발질만 한 것 같은 생이다
이럴 땐 소주를 들이켜야 하는데
위장이 허락치 않는다
하도 재는 것이 많아
쉽사리 친구 하나 사귀는 것도
어렵다 밖으로 난 가시는

줄어들었지만 안으로 난 편견은 더

견고해졌다

내일은 여섯 살배기 아들과

동물원에 간다

아들은 벌써부터 가슴이

두근거린다고 한다

아들에게 한 수 배우고 와야겠다

살아남기 65

이루지 못한 꿈

아들에게 미루려니

여섯 살 아들이 외친다

NO

나이 오십줄에 들어도

내 꿈은 내가 이루고

내 공부는 내가 하고

아들은 니 맘대로 살거라

백세 인생

살아남기 66

아침 출근길에 정치 뉴스를 듣지 않는다
가벼운 음악방송을 듣는다
옳고 그르고보다
부드러운 감성이 좋다
내가 주차하고 걷는 출근길엔
네 살짜리 아이가 할머니와 함께
어린이집 버스를 기다린다
고 아이에게 아침 인사를 건네는 것이
나의 일과다
괴목 장날이면 한가하던 동네에도
활기가 돈다
어제가 옛날이요
어제 가격과 오늘 가격이 다르다고
물가가 그만큼 올랐단다

흥정이 있고 에누리가 있고

덤이 있는

시골 오일장

오늘은 도너츠 사 먹는 날

살아남기 67

제갈공명 엄마가 아프시다

유비 관우 장비
세 딸들은 역적모의를 시작한다

아빠 밥은 장비가 하고
아이는 관우가 돌보고
유비는 병원비를 마련해라

삼고초려하듯
순번을 정해
병문안을 가기로 하자

유비 관우 장비가 뭉쳤으니
세상사 어떤 것도 두렵지 않다

제갈공명이여
어서 일어나 지혜를 주소서

살아남기 68

이어령 이외수 김지하 강수연
내 젊은 날의 우상이었던
예술지상주의자들이
며칠 사이에 모두 사라졌다

이 미친 자본주의에서
꿈꾸는 식물로 살아가기에는
숨이 막혔나 보다

그래도 글자깨나 읽었던
지난 세기가 그리웠나 보다

아제아제바라아제
아제아제바라아제

성공한 예술가도 미치도록
자유가 그리웠나 보다

살아남기 69

길가에 아무렇게나 피어있는
노란 꽃들에게도
나그네는 위로를 받는다

아무렇게나 피어있어도
너와 나는
꽃이다

예쁜 꽃이다

살아남기 70

내가 로또가 된다면
매일 똑같은 일하는
직상을 그만두고 싶다
멋진 차를 사고
그보다 더 멋진 사람과
경치 좋은 레스토랑에 가서
식사를 하고 싶다
로또가 된다면
엄마에게 천만 원쯤을
오만 원 다발로
용돈이라며 주고 싶다

동생에게도 주고 싶다

로또가

로또가

기를 모아 신중하게

번호를 고른다

위대한 자본주의의 꿈

제4부 겨울

살아남기 71

온몸에 파스를 바르고
컴퓨터 자판을 두드린다
몸은 쉬어라 하지만
어린 자식놈을 생각하면
내쫓기기 전까지는
버텨야 한다
발바닥부터 어깨까지
성한 곳이 없는
비대한 몸뚱이를 이끌고
살아왔구나, 난
오십 줄에 들어도

사랑하고 싶고

사랑받고 싶다

내 안의 소녀에게

여섯 살짜리 아들의 말이

위로가 된다

엄마가 세상에서 제일 예뻐♡

살아남기 72

인생은 얼마나 고단한가!

그 와중에도 잠깐잠깐
웃게 되고
숨 쉴 수 있는 건
널 이해한다는
친구의 격려,
앞에 서건
뒤에 서건
있건 없건
우리는 이해받고 싶다
연결되고 싶다

그때는 그럴 수밖에 없었어
과거의 나를 이해하듯이
떠나간 사람들을 용서한다

나를 위해서

살아남기 73

마스크가 있어서 얼마나 다행인가

항상 웃는 삐에로는
이제 사랑도 숨기고
미움도 숨길 수 있다

너에게 조종당하지 않을 거야

웃고 싶지 않을 때
웃지 않을 수 있다

화가 날 때

눈치채지 않게

인상을 찌푸릴 수 있다

감정을 갖는다는 것

네게만 허락된 것은 아니다

살아남기 74

찌는듯한 여름날
맥주 한 캔을 들이키고 생각해 보니
여기까지 온 것이
나만의 공이 아니었구나

책상 정리조차 못하는 나를
기다려 주고
다독여 주고
가르쳐 준 사람들

하나하나 가로등처럼 떠오른다

더러는
미처 고맙다는 말하기도 전에
인연이 다하기도 했지만

고맙습니다
사랑합니다
멀리서나마 잘 되기를 기원합니다

살아남기 75

지천명의 나이가 되면
흔들리지 않을 줄 알았다
하늘에 구름이 흘러가듯
세상을 관조할 줄 알았다
반짝이는 별들과
은은한 달빛을 벗삼아
내려놓고도
평화로울 줄 알았다

더 깨쳐야 할 것들이
더 고쳐야 할 것들이
더 배워야 할 것들이

이렇게 많을 줄
어릴 적에는 알지 못했다

나잇값 하는 어른이 되기 위해
오늘도 마음을 다잡아본다

살아남기 76

5시간을 달려
포항 앞바다에 섰다
밀려드는 파도는
사느라 고생많았다
얘기해주었다
자잘한 세상살이에
넓고 푸른 동심을 잃지 말라고
바다가 얘기했고
울 아들이 화답했고

파도가 철썩철썩 맞장구쳤다

멀리 보고 크게 생각하라고

모래성을 짓는 아이에게

쬐끔해진 내 마음에게

동해 바다가 일러주었다

살아남기 77

이십 세기 감성으로

이십일 세기를 살아내느라

숨이 막혀

알콜을 들이붓는다

몽롱해진 정신으로

하늘을 보니

보름달이 훤하고

별들도 간간이 눈에 띈다

나 이대로 살면 안되나요

별들은 자기만의 별자리가 있다는데

변화와 혁신 IT 세상에서

굼벵이로 살면 밟힌다는데

바늘로 찔러도 피 한 방울 나지않는

인조인간이 되어 간다

그래야 내 가족을 지킬 수 있다
알콜만이
희미해져 버린 지난 세기로
그때 그 친구들의 세계로
날 데려다 준다

버텨라
지상명령이다

살아남기78

머릿속이 복잡하거나
나만 이렇게 무거운 짐을 지고 있다
생각될 때
작전타임을 외친다

회사에서도 집에서도
못 찾는 공간으로 피신해서
천천히 숨을 고르는 거다

항상 하늘을 본다
낮에도 보고 밤에도 본다

아무도 모르더라도
저 하늘은 알 것이다

내가 허투루 살지 않는다는 걸

그렇게 기댈 데가 없는 날에는
흘러가는 구름에게
달에게 별에게
말을 걸어본다

인생은 길고
힘든 날은 또 지나가고

나보다 더 힘든 사람도
웃으면서 산다고

하늘은 늘상 대답한다

살아남기 79

힘든 하루 일을 마치고
아이를 데리고 오는 길에
김밥집에 들른다
부쩍 오른 물가 탓에
분식집은 오히려 호황이다
아이에게 치즈돈까스를 시켜주고
난 오뎅을 먹는다
옆 테이블에서는
씩씩한 남정네들이
김치볶음밥을 남김없이 비워낸다
저녁도 못 먹고 남의 밥을 차려내는
김밥집 아줌마들의 바쁜 손길 위로
산다는 것의 숭고함이
밥심의 위대함이
이 저녁의 평화로움이 깃든다

허기진 마음 허기진 배고픔

허기진 외로움 허기진 세상사가

밥 한끼에 눈녹듯 사라진다

잘 먹었습니다

살아남기 80

아날로그 시대 때 지난 추억이
철없던 시절에 방황했던 날들
그리움으로 남아
잠시 되돌아보지만
앞만 보고 살기도 바쁘다

문득 찾아오는
말랑말랑한 감정들을
돌볼 겨를도 없이
세상은 또 뛰어라 한다

책임감과 중압감만 남은
중년의 무게 앞에
무릎 꿇는 날 늘어간다

한 소절 노래 부르고

한 구절 어깨춤 추고

돈 싫어 명예 싫어

따분한 음악 우린 정말 싫어

그때의 패기로

앞으로 나가보자

살아남기 81

따사로운 햇살이 내리쬐는 오후
시원한 바람이 불고
시어머니와 단감을 딴다
기다란 작대기 봉우리 입구를 감에 감아
손잡이를 힘껏 눌러 잡아당긴다
한 해 동안 앓았던 모든 감정들도
손잡이를 힘껏 눌러 털어낸다
감이 익은 만큼 나 또한
허리가 굵어졌겠지
생각이 깊어졌겠지
피아노 치는 친구 집에 들러
손수 딴 감과 고구마를 먹고

시월의 어느 멋진 날에

연주에 맞춰

다시 오지 않을

2022년 가을을 듣는다

가을은 슬프도록 아름답다

살아남기 82

바로 눈앞에 보는 삶도
똑바로 바라보지 못하는 장님과
바로 귀 옆에 들리는 삶도
똑바로 듣지 못하는 귀머거리

우린 그렇게 애써 외면하고
앞만 보고 질주한다

막다른 곳에 다다라서야
여기가 어디지 뒤돌아봐도
도와줄 친구는 없다

슬프다
우리네 인생!

노란 은행잎들이 하나둘

나부끼는 계절에

고생 많다

토닥여주고 싶다

살아남기 83

12월 달력이 한 장 남았다
정글이 무서워 우물 속에서만 갇혀 지냈다
한발 밖을 나설 법도 한데
바깥이 춥다는 말에
엄두도 못내고
미지근한 물에 죽는 줄도 모르는
물고기마냥
우물 속 세계가 전부인냥
아등바등 그 속에서
자리를 지키느라 고되었다
달력 한 장이 넘어가면
또 한 해가 가고
나는 또 우물 속에 자리다툼을
할 것이다
그래봐야 거기서 거기인데

옆에서 곤히 자는 아들녀석 핑계로
바깥으로 나서지 못하는 내가
나를 원망치 않았으면 한다
소소한 낙을 찾았으면 한다
10대 때 들었던 김완선 노래에
올챙이 춤을 따라춰 본다

살아남기 84

인터넷으로만 연결된 사람들

시스템이 다운되면 적막이다

디지털 네이티브 세대에게 밀리는 기성세대

나 또한 꼰대일 수밖에 없다

업데이트 해야 한다

현장 일선에서

2년 전이 다르고

1년 전이 다르고

6개월 전도 옛날이다

왕년 얘기는 그만하자

정정당당하게 후배들과 경쟁하자

머리에 쥐가 나지만

그들에게 배워야 한다

불치하문

물어볼 때는 계급장 떼고

살아남기 85

카톡 프로필에 어제

I may be wrong

이라고 유명한 책 제목을 썼다가

나의 지나친 겸손모드를

이해하지 못하고

악용하는 세상에 맞서

카톡 프로필을 수정한다

나는 나를 믿는다

실수투성이 나지만

틀릴 수도 있지만

이 복잡하고 험난한 세상에서

나라도 나를 믿어주자

어제의 나도 최선을 다했고
오늘의 나도 열심히 살았고
내일의 나는

증명될 터이다

살아남기 86

주식에서 10% 손실이 날 때

손절하고

다른 기회를 엿봐야 하는 것처럼

슬픔이 또 다른 슬픔을 낳고

아픔이 또 다른 아픔을 낳을 때

얼른 자리를 박차고 나와야 한다

손절해야 한다

세상사 뜻대로 되는 건 아니지만

2차 감염은 막아야 한다

오늘은 이번 달은 올해는

운이 안 좋군

털어버려야 한다

그리고

잠든 아이의 얼굴을 바라봐야 한다

살아남기 87

우물 속에 산다

견딘다

밧줄 하나가 내려온다

매달린다

있는 힘을 다해 올라간다

그러다가 지치면

줄을 놓지 않고

버틴다

버틴다

놓지않고

기회가 왔을때

누군가 손짓을 할 때

밀어줄 때

잽싸게
올라간다
중요한건
힘이 들 땐
버틴다는 것

바로 그것

살아남기 88

돈 냄새만 풍기는 삭막한 도시에
피아니스트의 부엌이 들어섰다
요즘에 쓸데가 없다는
천 원짜리 몇장으로도
붕어빵 만두 커피까지
먹을 수 있다
주인장은 바흐의 평균율을 친다
물질과 정신의 균형을 맞추라는
신호로 해석해 본다
하루 종일 돈을 세며
자본과 씨름하다
KO 될 때쯤
이곳에 들러
평균율을 평상심을 얻고
덤으로 싸주는

붕어빵에

그때 그 시절 잊고 산 풍미를

맛본다

오늘까지 버텨낸

우리들의 우정을 위하여

오늘도 세상에 지지않고

맞서보자

살아남기 89

이해하기 힘들고

모순덩어리인 세상에서

그럼에도 불구하고

생은 아름답다고

외치는 건

모순인가

자기최면인가

성공은 운이다

실패는 운이 나빴을 뿐이다

기울어진 운동장에서

승자들의 자아도취에

건강한 박수가 나오지 않는다

우리 모두는 최선을 다했고

승패는 운이 갈랐다

내 곧이 곧대를 맞춘 것뿐이다
그럼에도 불구하고
생은 살만하다

살아보자

살아남기 90

돈이 단데

돈이 다가 아니야

제5부 다시 봄

살아남기 91

로버트 프로스트의 두 가지 길이 있어
사람들 발자욱이 적은 길을 택했다지
난 이런 생각을 해봤어
양 갈래 길이라도 결국 모든 길은
이어져 있다고
지름길이냐 돌아가느냐의 차이 쯤
살면서 만나게 되는 모든 아픔들 기쁨들
어느 길에서나 마주친다고
시간차는 있겠지
먼저 꽃길을 지나는 사람도 있겠고
아직 가보지 않은

저 샛길에도

매화꽃이며 복숭아꽃 벚꽃들이

다투어 피어있을지 몰라

이 코너만 돌면

한 걸음만 더 내딛는다면

살아남기 92

바쁜 세상살이 속에서도
다시금 매화꽃이 피고
벚꽃이 핀다
자기를 갈아 넣어야 살아지는
직장과
자기를 부서 넣어야 평온한
가정에서
외줄타기를 한다
긴 겨울을 버텨낸 꽃망울이
아름답게 모습을 드러낸다
지난한 시간 속에서

피워낸 꽃잎처럼
절대로 나를 잃지 말라
봄비가 촉촉히 대지를 적시는
그런 날이다

멋진 풍광이다

살아남기 93

가벼워지자

세상이 요구하는

감정노동에도

쿨해지자

그들은 나를 모른다

이해받기를 바라지 말자

나 또한 그들을 모르므로

함부로 추측해선 안 된다

다들 자기 인생을

허덕거리며 달리고 있다

나이스하게

시장이 요구하는 교환가치가 맞으면

서로 윈윈할 뿐

갑도 없고 을도 없다

살아남기 94

기껏 관두겠다는 회사 동료를 달래놨더니
이번엔 신랑이 회사 못 다니겠단다
아이구 머리야!
맞지 않는 옷을 입고
허수아비처럼
시키는 일만 반복하는 지겨움이라니
거기다가 위아래도 없이
치고 들어오는 후배님들
백번을 이해하지만
회사 밖은 지옥이라는데
어려운 세상이다
할 줄 아는 거라곤
회사 왔다 갔다 하는 건데
정년 2막보다 더 빨리
올 것이 오는가

울타리 너머를 기웃거리는 자

자유가 목마른 자

과연 샘물을 퍼 올릴 수 있을까

자만심은 어디까지가 적정선일까

하루도 바람 잘 날 없는

아줌마의 삶도 고단하다

살아남기 95

적군이냐? 아군이냐?

웃는 얼굴이 적군일 수 있고

화낸 얼굴이 아군일 수 있다

한계상황에 다다랐을 때야 비로소

그들의 진짜 모습을 볼 수 있다

어쨌든 냉정하게 나를 뒤돌아 봐야 한다

나이 오십 줄에 나만의 대차대조표를 만든다

한심하다

그래도

그래도

그래도

세 번쯤은 세상에 속아주련다

하늘과 맞닿은 바다 너머로

바다의 숨소리를 들으면서

아직도

미련하게

나의 길을 간다

남들이 알아주면 고맙겠지만

몰라줘도 그뿐이다

살아남기 96

각자도생의 시대

기댈 곳도

기대드릴 곳도 없다

알아서 꼭 살아남으라

살아남기 97

이건희가 수백억 들여 사들인 그림을
프랑스 모빌리에 나시오날의 작품을
단돈 3천 원에 관람했다
오천 그린광장에서 무료로
아름다운 야경을 보며 거닐었다
메쪼 채널에서 TV로
세계적인 오케스트라의 음악을 들었다
해외에 나가지 않아도
여기서도 충분히 고급지게 살았다
욕심내지 말고 살아야지
아파트 동네 어귀에는
내 텃밭은 아니지만

고추며 가지며 옥수수가 익어가는 것을
내 것 인양 바라보며 흐뭇하다
별이 밝다
며칠 있으면 슈퍼 블루문이 뜬다고 한다
알고 보면 큰돈 들이지 않고도
누릴 수 있는 것들이 많다
충분히 누리고 감사해야지

살아남기 98

좋아요가 얼마나 많아야 만족할까
돈이 얼마나 많아야 이제 됐어 할까
사랑하는 이는 내게 얼마나 잘해줘야지
그 사랑을 믿을까
끝이 없다
욕망은 욕심은 끝이 없다
작은 것에 감사하기로 한다
설령 양에 차지 않아도
내가 가는 여행길에
잠시 스쳐 간 길동무들

밥 한 끼 부담 없이 먹는 정도

그거면 됐다

더 바라면 욕심이다

집착이다

바람 같은 자유로

다음 행선지를 누비자

살아남기 99

살아남기를 20여년간 써오면서
나는 모든 정치적 이슈에 침묵했다
비겁하게 살았다
불합리와 모순에도
그저 그냥 순응하기만 하라고
그래도 희망은 있다고
있지도 않은 꿈을 꾸라고
오만과 허세만 부렸다
젊은이들에게 얼굴들
낯짝이 없다

그래 오늘만큼은

작은 용기를 내서

할 말을 한마디만 하고자 한다

나는 일본의 해양오염수 방류를 반대한다

살아남기 100

이제 나만의 감옥에서 탈출해야겠다
시선을 넓혀야겠다
내가 만든 성에서 너무도
오래 갇혀서 잘 될지는 모르겠지만
세상 밖으로 한 걸음 내딛어야겠다
아무런 편견도 갖지 않고
아무런 거리낌도 없이
사물과 사람과 사상을
있는 그대로
말하는 그대로
받아들이고 얘기해야겠다
잠시 동안 쓰는 것을 멈추고

춤을 추어야지

여럿이 추는 춤을

나를 넘어서 우리가 추는 춤

이제 내 아픔을 다 꿰매었으니

온전한 나로

세상과 마주하자